CB030394

TICK, TICK, TICK.

BOOM!

Uma explosão chacoalhou a Grande Montanha, e os membros do Culto do Gorila Branco invadiram a área. Seu líder era um guerreiro terrível chamado M'Baku, que dava ordens para que seus mercenários destruíssem tudo. Sua selvageria era conhecida por toda Wakanda. No entanto, suas verdadeiras motivações continuavam obscuras. Eles não roubaram nada, bem como não haviam roubado antes. Sua única missão, ao que parecia, era aterrorizar.

— Fujam! — outro minerador gritou.

Trabalhadores assustados correram para todo lado, enquanto os membros do culto destruíam a área. O caos se instalou na Montanha enquanto os mineradores se defendiam desesperados contra o ataque brutal.

Um membro do culto ergueu a lança bem alto no ar acima de um minerador inocente, mas, antes que pudesse dar o golpe, um vulto escuro correu pela Grande Montanha veloz como um raio.

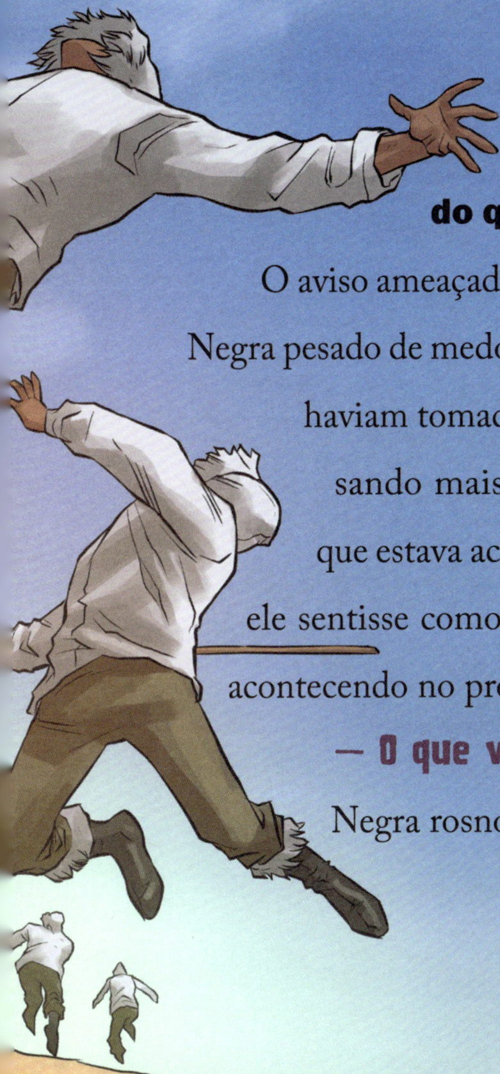

Era o PANTERA NEGRA, e ele estava furioso. Ele atacou o adepto do culto, arrancando a lança de sua mão e atirando-a longe!

O cultista caído zombou:

— Você não tem ideia do que está por vir.

O aviso ameaçador deixou o coração do Pantera Negra pesado de medo. Negócios com os Vingadores haviam tomado seu tempo. Ele estivera passando mais tempo fora de Wakanda do que estava acostumado, e isso fazia com que ele sentisse como se não soubesse o que estava acontecendo no próprio país.

— **O que vocês querem?** — o Pantera Negra rosnou.

— Você vai descobrir — o cultista respondeu, desdenhoso.

— Onde M'Baku está? — o Pantera Negra questionou. Antes que o homem pudesse responder, uma nova confusão se espalhou pela Montanha.

— Em retirada! — um cultista berrou. Os membros do culto estavam fugindo. Haviam jogado uma bomba de fumaça que preencheu o local com uma nuvem espessa para encobrir sua fuga.

Enquanto a fumaça se dissipava, o Pantera Negra ficou com ainda mais questionamentos.

— Estão todos bem? — o Pantera Negra perguntou aos mineradores.

— Não — uma voz gritou. **— Não estamos bem** — um minerador chamado Ato abriu caminho até a frente da multidão.

— Fale abertamente, Ato, para que seja ouvido — o Pantera Negra solicitou.

Ato estava tenso enquanto explicava a situação.

— Esses membros do culto do Gorila Branco atacaram a Grande Montanha três vezes no mês passado. Com que objetivo? — Ato gritou.

Ele andava de um lado para outro com uma energia nervosa.

— Eles não roubam nosso Vibranium. Então, por que atacam? Quando essa violência vai acabar?! — Ato olhou para seus colegas mineradores, procurando apoio. Esperava que eles também falassem, porém, a multidão permaneceu calada, de cabeça baixa.

Ato voltou sua atenção mais uma vez para o Pantera Negra.

— Onde esteve, caro rei? Não sabe o que está acontecendo no seu próprio reino?

O Pantera Negra se orgulhava de ser um líder bondoso e acessível. Não estava acostumado a ser confrontado com tanta raiva vinda de alguém de seu povo. A frustração de Ato era inegável. O Pantera Negra se questionou se sua resposta seria suficiente. Ele escolheu cuidadosamente as palavras antes de falar.

— **Estou ciente dos ataques anteriores. Compreendo as terríveis consequências deles. No momento, estou investigando a situação** — explicou.

— Ha! — Ato deu uma risada. Ele se virou, apontando para os outros mineradores frustrados. **— E você acha que isso nos deixa mais tranquilos? Nós precisamos de um líder. Enquanto isso, nosso rei está ocupado demais sendo um super-herói.**

Ai!

As palavras de Ato foram como um soco. O Pantera Negra amava profundamente o povo de Wakanda e sempre fez o que considerava o melhor para todos. Ser um Vingador e defender a Terra fazia parte dessa missão. Agora, não estava tão certo de que era o melhor caminho a seguir.

— Seu pai se dedicava a este país. Ele morreu protegendo-o — disse Ato.

A ira do Pantera Negra começou a despertar.

— Eu amo este país e farei o que for preciso para proteger seu povo.

— Prove. — Ato provocou.

— **Basta!** — o Pantera Negra se virou e falou com a multidão com autoridade. — **É verdade que eu tenho uma vida fora de nossa nação. Tenho orgulho de estar entre os heróis mais poderosos da Terra, mas confiem quando digo que eles não me controlam. Não estou à disposição deles.**

FWOO

FWOOOOM!!! Um rugido mecânico soou no céu a distância, aproximando-se a cada segundo. Era o Quinjet, o jato usado pelos **Vingadores**. A aeronave aterrissou na borda da Grande Montanha, enquanto os mineradores reunidos observavam curiosos.

OOM!!!

— Estão vendo? Estão vendo? Os mestres do nosso rei estão aqui para buscá-lo — Ato exclamou, voltando-se para os outros mineradores. **— Essas pessoas e suas naves feias. Um wakandano conseguiria fazer uma dez vezes melhor.**

A porta da nave se abriu e CAPITÃO AMÉRICA, Capitã Marvel e *MÁQUINA DE COMBATE* desembarcaram.

— *PARECE ATÉ QUE ESTÁ ACONTECENDO UMA FESTA AQUI* — Máquina de Combate brincou.

O Pantera Negra estreitou os olhos.

— **Estou lidando com uma situação que demanda toda a minha atenção. O que os traz a Wakanda?** — perguntou.

— **PRECISAMOS CONVERSAR COM VOCÊ** — Capitão América respondeu. — **NÃO TERÍAMOS VINDO ATÉ AQUI SE NÃO FOSSE IMPORTANTE.**

Ato deu uma risada alta.

— **Está provado!** — disse, virando-se para a multidão mais uma vez. — **Não estão vendo? Ele é controlado por esses Vingadores. Nosso rei serve a outro mestre.**

Capitão América dirigiu-se para o Pantera Negra e tocou-o no braço suavemente.

— **HÁ ALGUM LUGAR ONDE PODEMOS CONVERSAR COM MAIS PRIVACIDADE?** — perguntou.

— Vamos para a capital — declarou o Pantera Negra, afastando-se. **— Para o palácio real.**

— Isso. Vá para o seu palácio radiante, longe do povo — reclamou Ato.

A falta de educação de Ato estava perturbando a Capitã Marvel.

— Pare com isso, cara! — ela gritou. **— O Pantera Negra ainda é seu rei!**

Ato fez uma careta de desdém e recolheu suas ferramentas quebradas, enquanto a multidão se dispersava. O Pantera Negra estava impressionado com a capacidade de seu povo de enfrentar o perigo. **Eu vou descobrir o que está acontecendo**, pensou. Os Vingadores se dirigiram até o Quinjet para fazer a curta viagem até a capital de Wakanda.

Máquina de Combate notou a frustração do Pantera Negra e tentou aliviar o clima.

— **GRUPO DIFÍCIL, HEIN** — comentou, sorrindo.

— **Não acredito que deixou aquele cara falar com você daquele jeito** — a Capitã Marvel comentou.

— **Eu não deixei que ele fizesse nada. Apenas escutei** — o Pantera Negra retrucou. — **Não se exige respeito. Conquista-se.**

— **Está certo!** — Capitã Marvel assentiu.

Pantera Negra puxou Capitão América para um canto para conversar em particular enquanto os outros embarcavam na aeronave.

— O povo está descontente. Meus deveres como Vingador têm me afastado de meus deveres como rei de Wakanda. Um inimigo misterioso decidiu se aproveitar disso. É algo que desejo resolver por conta própria.

Capitão América assentiu.

— Entendido.

NO PALÁCIO REAL, OS VINGADORES SE ACOMODARAM nos aposentos pessoais do Pantera Negra. O espaço moderno estava repleto de relíquias ancestrais de Wakanda. Havia um retrato do pai de T'Challa, da época em que ele reinava como Pantera Negra, no meio do aposento. Era o maior tesouro do Pantera Negra. Máquina de Combate retirou o capacete e deu a volta no cômodo, observando cada peça histórica.

— **BELO LUGAR ESSE SEU** — comentou ele. — **PRECISA DE UM COLEGA DE QUARTO?**

— **Pode *visitar* quando quiser** — respondeu o Pantera Negra, sorrindo sob a máscara. — **Não costumo receber hóspedes.**

A Capitã Marvel já estava farta da troca de gentilezas.

— **Vamos aos negócios, Pantera** — ela interrompeu.

— Na noite passada, um homem vestido igual a você roubou uma base ultrassecreta da S.H.I.E.L.D. Sabemos que não foi você, mas Nick Fury ainda quer que nós o levemos para ser questionado.

— Não compreendo — o Pantera Negra retrucou. — Já estou em Wakanda há mais de uma semana desde nossa última missão. Fury sabe disso. A S.H.I.E.L.D. deveria ser capaz de resolver esse mistério sem me envolver.

— *TEM UM CARA POR AÍ COMETENDO CRIMES VESTIDO EXATAMENTE IGUAL A VOCÊ* — Máquina de Combate o interrompeu —, *NÃO ESTÁ NEM AO MENOS PREOCUPADO?*

O Pantera Negra ficou irritado.

— Inimigos estão invadindo meu país. O povo de Wakanda está se sentindo ameaçado, e eu não tenho estado aqui para protegê-lo. Isso me preocupa mais que qualquer outra coisa agora.

O Capitão América inspirou fundo e explicou a situação com suas palavras.

— Entendo que está em uma posição difícil, T'Challa. Entendo mesmo. Contudo, acredite em mim quando digo que a S.H.I.E.L.D. não está pedindo. Isso não é um convite.

— Então é uma ordem? — o Pantera Negra retrucou. — E se eu escolher não ir com vocês?

— Nós trabalhamos para a S.H.I.E.L.D. É assim que as coisas funcionam. Você concordou com isso quando se uniu aos Vingadores! — a Capitã Marvel retrucou, ficando irritada. — Toda ação tem consequências. Até para reis.

O Pantera Negra queria honrar seu compromisso com os Vingadores, porém, ele também tinha o dever de defender seu povo. Ele tinha uma escolha importante a fazer e não tinha certeza de qual caminho seguir.

Antes que ele pudesse responder, Ramonda, a Rainha-Mãe, entrou no aposento. Ela sorriu.

— Ninguém me disse que tínhamos visitas. Eu teria pedido ao cozinheiro que preparasse um lanche para todos.

Notando que estavam na presença de uma nobre, Capitão América, Máquina de Combate e Capitã Marvel fizeram uma reverência.

Contudo, Ramonda não aceitaria isso.

— Levantem-se, por favor. Essa tradição sempre me deixou desconfortável — explicou ela. Ramonda cumprimentou os Vingadores com um abraço caloroso e apertado. — O que os traz a Wakanda? Vão levar meu filho para uma nova aventura?

— **Alguém se passando por mim cometeu um crime. Meus colegas estão aqui para me levar para ser interrogado** — o Pantera Negra explicou. Todos ficaram em silêncio.

— Posso ter uma palavra a sós com meu filho? — Ramonda solicitou.

— **É CLARO** — assentiu o Capitão América.

Os Vingadores se retiraram respeitosamente.

— É bom tê-lo em casa — Ramonda comentou.

— É bom estar em casa — respondeu o Pantera Negra. — Tenho sido puxado em várias direções nos últimos tempos, como a senhora sabe.

— T'Challa, por favor, retire a máscara — Ramonda pediu —, quero ver seu rosto quando falo com você.

O uniforme do Pantera Negra era feito de uma trama de Vibranium a prova de balas que o protegia. No entanto, não evitava que ele encarasse a realidade. Ele retirou a máscara e sorriu para a madrasta.

Ramonda tocou o rosto dele e sorriu.

— Meu orgulhoso filho. O rei — disse ela. — Pesada é a cabeça de quem usa a coroa.

— Quantas vezes vou precisar escutar essa velha frase? — T'Challa perguntou. Ele se virou para olhar para um artefato wakandano exposto no quarto. — Há problemas na Grande Montanha — comentou ele. — Os membros do Culto do Gorila Branco mostraram suas faces horrendas mais uma vez.

— Você tem alguma pista? — Ramonda perguntou.

— **Não** — T'Challa respondeu. — **É frustrante.**

— Utilize todos os recursos disponíveis. Há respostas para suas perguntas — Ramonda o aconselhou. — Enquanto isso, saiba que Wakanda é eternamente grata por sua proteção.

T'Challa fez um gesto de negação.

— **A senhora não entende. O povo pensa que o estou abandonando** — revelou. — **As pessoas pensam que meus deveres como Vingador vêm antes das necessidades delas. Pergunto-me se estão certas.**

— Você ajudou os Vingadores a combater vilões que destruiriam todo o planeta, Wakanda inclusa — Ramonda argumentou. — Com certeza o povo entende isso.

— **Não é o bastante para eles** — retrucou T'Challa. — **Falam apenas dos meus erros.**

— E quanto às suas conquistas? — Ramonda questionou. — Lembre-se do bem que está fazendo.

Madrasta e enteado observaram a vastidão de seu reino e compartilharam um instante de calma ao recordar de bons momentos do passado.

— Seu pai ficaria tão orgulhoso de você. Esse trabalho não é fácil. Seu pai sabia disso melhor que qualquer pessoa — Ramonda comentou. Ela repousou a cabeça no ombro de T'Challa.

T'Challa sabia o que precisava fazer.

— Vou acompanhar os Vingadores até o Helicarrier da S.H.I.E.L.D. e retornarei o mais rápido possível — informou. Sua voz voltara a ter um tom decidido. **— Depois disso, vou desvendar o mistério desses ataques e darei um fim a eles de uma vez por todas. Devo tudo o que tenho a Wakanda** — declarou ele. **— Não decepcionarei meu povo.**

Shuri, irmã de T'Challa, entrou correndo no quarto.

— Eu estava treinando quando os cultistas atacaram. Vim assim que soube. E aquilo pousado lá fora é um Quinjet?

Apesar de seu título de princesa de Wakanda, Shuri não se preocupava com as cerimônias de sua posição como parte da realeza. Ela preferia o calor da batalha e treinava para isso desde que era uma garotinha.

— Shuri, minha querida, os amigos de seu irmão estão aqui. — Ramonda alertou. — Como foi sua sessão de treinamento?

— Eu aprendi alguns movimentos novos. Pode falar para os Vingadores que estou pronta caso eles precisem de mim, irmão — Shuri disse com um grande sorriso.

A sugestão em tom de brincadeira de Shuri deu uma ideia a T'Challa. Quando não estava ocupada com os estudos, Shuri desenvolvia suas habilidades de guerreira observando as **Dora Milaje**, a guarda-real de Wakanda.

— Shuri, ouça com atenção. Tenho que sair de Wakanda mais uma vez. Preciso que você lidere em meu lugar — declarou ele.

Shuri arregalou os olhos diante da possibilidade.

— Você terá as Dora Milaje à sua disposição, caso o Culto do Gorila Branco ataque mais uma vez. Preciso que você reúna nossas tropas. Pode fazer isso por mim? — T'Challa perguntou.

— T'Challa, eu não... — Shuri hesitou. — Você é o escolhido. Você é o Pantera Negra, não eu. Eu sou apenas uma garota que sonha em ser uma heroína.

— Você é você mesma — T'Challa retrucou. — Isso é tudo que eu preciso que você seja.

Shuri olhou para Ramonda, buscando aprovação.

— Concorda, Mãe? — perguntou.

— Claro — Ramonda respondeu. — Vocês dois enchem meu coração de orgulho.

T'Challa deu um abraço apertado na irmã.

— Fique atenta. Wakanda confia em você — disse ele. — Ah, e mantenha seu comunicador ligado, caso eu precise contatá-la.

Shuri não conseguia acreditar na própria sorte. Ela se esforçou para reprimir uma risadinha.

— Não vou decepcioná-lo.

Ouviu-se um leve TOC! TOC! TOC! na porta. A Capitã Marvel colocou a cabeça para dentro do aposento para dar uma olhada.

— Qual é o veredito? — ela perguntou a T'Challa. — Está pronto para ir?

— Só para deixar claro: vocês estão pedindo que eu vá com vocês para provar que eu sou inocente de um crime que claramente não cometi — T'Challa declarou. — Pensei que fazer parte dos Vingadores me concedia algum respeito. Agora minha lealdade está sendo questionada. Capitão América, diga-me o que você faria?

O Capitão América escolheu as palavras com cuidado.

— Eu entendo, T'Challa, de verdade, eu entendo. A S.H.I.E.L.D. pode ser frustrante. As ações deles nem sempre me agradam. Eu respeito você e seu título real. Seu heroísmo inabalável é a razão por eu ter orgulho de chamá-lo de companheiro de time. Nós precisamos desse heroísmo para encontrar esse impostor e capturá-lo. Assim que fizermos isso, os Vingadores

O AJUDARÃO A ACABAR COM OS CULTISTAS DE UMA VEZ POR TODAS. DOU MINHA PALAVRA.

T'Challa admirou a liderança do Capitão América quando estiveram juntos em batalha, mas estavam em Wakanda agora. O rei o fez se lembrar disso.

— **Não sigo ninguém às cegas, Capitão. E você não respondeu minha pergunta.**

— **Nós estamos do seu lado** — a Capitã Marvel declarou. — **Não se preocupe.**

T'Challa suspirou. Havia apenas uma solução para o problema.

— **Vou me juntar aos Vingadores para limpar meu nome e retornarei a Wakanda logo em seguida** — disse ele, recolocando a máscara.

CAPÍTULO 3

Os Vingadores embarcaram no Quinjet e se prepararam para partir de Wakanda. Contudo, antes que levantassem voo, Shuri correu até o irmão.

— **Você vai ficar fora quanto tempo?** — ela perguntou.

— **O tempo que for preciso para limpar meu nome** — o Pantera Negra respondeu. Shuri pareceu ansiosa de repente. Ela finalmente compreendera o peso de assumir as responsabilidades do irmão. — **Você vai se sair bem, Shuri. Acredite em mim.** — ele a tranquilizou.

A Capitã Marvel acenou da cabine do Quinjet, sinalizando que era hora de partir. O Pantera Negra se uniu aos colegas, despedindo-se de Shuri pela janela.

— Tome cuidado, irmão — Shuri sussurrou para o céu.

No Quinjet, o Pantera Negra, a Capitã Marvel e Máquina de Combate se reuniram ao redor de um vídeo holográfico, enquanto Capitão América os colocava a par da situação.

— Essa gravação foi feita em uma base da S.H.I.E.L.D. em algum lugar dos Estados Unidos. A localização é ultrassecreta — explicou ele. — Nem eu sei onde fica.

impostor

— **A S.H.I.E.L.D. e seus segredos** — comentou o Pantera Negra.

O grupo assistiu enquanto um indivíduo vestido de forma idêntica ao Pantera Negra se esgueirou pelo perímetro do local de aparência comum.

Ele derrubou dois agentes da **S.H.I.E.L.D.** rapidamente com uma série de golpes intensos e focados.

— **Esse cara é bom** — a Capitã Marvel comentou.

impostor!

O grupo assistiu enquanto o impostor invadia as instalações. Ele estava procurando por alguma coisa. Logo ele encontrou um laboratório privado,

ocupado por diversos equipamentos mecânicos. O impostor investigou o local e logo encontrou o que procurava: um fino bracelete de metal. Mais quatro agentes da **S.H.I.E.L.D.** entraram na sala. Os Vingadores viram o impostor imitar o estilo de luta do Pantera Negra nos mínimos detalhes. Depois de derrotar os agentes, o impostor pegou o bracelete de metal.

— Dê zoom naquele bracelete — o Pantera Negra pediu. **— O que ele faz?**

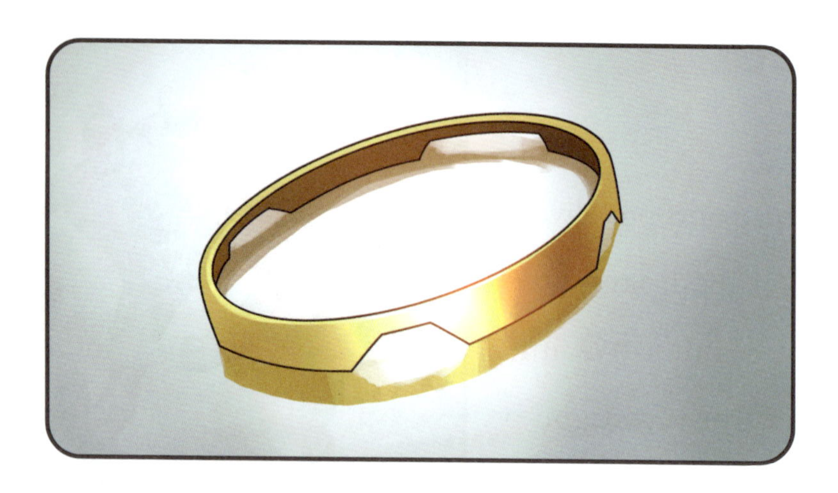

— **É ULTRASSECRETO** — o Capitão América informou. — **A S.H.I.E.L.D. NÃO QUER NOS DIZER. PODEMOS APENAS DEDUZIR QUE É MUITO PERIGOSO.**

Antes que o impostor escapasse noite adentro, ele parou e encarou a câmera de segurança.

— **Ele sabe que está sendo observado** — o Pantera Negra destacou.

— E NÃO PARECE SE IMPORTAR — Máquina de Combate acrescentou.

O Capitão América interrompeu o vídeo de segurança.

— Vocês acreditam que eu cometi esse crime? — quis saber o Pantera Negra.

— É CLARO QUE NÃO — respondeu Capitão América.

O Pantera Negra ficou agitado.

— Sua justificativa não é suficiente, Capitão. Você sabe que estive em minha terra natal. É algo fácil de confirmar. A S.H.I.E.L.D. tem um Helicarrier inteiro cheio de tecnologia. Mande-os utilizá-la — exclamou ele. — Não tenho mais o que fazer aqui. Levem-me de volta a Wakanda agora.

— HÁ MAIS UMA COISA QUE VOCÊ PRECISA SABER — o Capitão América revelou. — A S.H.I.E.L.D. ENCONTROU O SEU DNA NA CENA DO CRIME.

— Como isso é possível? — a Capitã Marvel perguntou.

O Pantera Negra considerava que trabalhava bem em equipe, porém, começou a questionar se unir-se aos Vingadores não trazia mais problemas do que benefícios. Ele confiava nos colegas, mas não confiava na **S.H.I.E.L.D.** Apesar de sua raiva crescente, o Pantera Negra fez o melhor que podia para continuar calmo.

— **Alguém quer me incriminar. Isso está claro. O que Nick Fury pensa disso? Com certeza ele tem teorias a respeito desta situação.**

— **TRABALHO COM NICK FURY HÁ ANOS. ELE NÃO DISCUTE TUDO ABERTAMENTE. ESTA É UMA SITUAÇÃO DELICADA, E ELE GUARDA SUAS MOTIVAÇÕES PARA SI. DITO ISSO, EU CONSEGUI REUNIR ALGUMAS PISTAS, BASEADO NO QUE SEI DE TODAS AS INVESTIGAÇÕES EM ANDAMENTO HOJE DA S.H.I.E.L.D.** — respondeu o Capitão América.

— ***VAMOS, CONTE TUDO, CAPITÃO*** — Máquina de Combate pediu — ***CONTRA O QUE ESTAMOS LUTANDO?***

O Capitão América ativou uma imagem holográfica do Barão Zemo.

— ZEMO PODE ESTAR ENVOLVIDO DE ALGUMA FORMA. A S.H.I.E.L.D. TEM OBSERVADO AS AÇÕES DELE HÁ ALGUM TEMPO. HÁ RUMORES DE QUE ELE ESTÁ COLETANDO ARMAMENTOS DE TODOS OS TIPOS — ele explicou.

— *NENHUMA NOVIDADE* — Máquina de Combate comentou.

— INFELIZMENTE, ISSO É TUDO QUE SABEMOS POR ENQUANTO — Capitão América continuou. — ESPERO QUE RECEBAMOS NOVAS E MAIORES INFORMAÇÕES ASSIM QUE CHEGARMOS AO HELICARRIER.

O Pantera Negra ficou mais confuso.

— **Nunca tive nenhum conflito com Zemo. Por que ele ia querer me incriminar?**

— **Porque ele é um canalha** — a Capitã Marvel sugeriu.

— PROVAVELMENTE ELE NÃO RECEBEU ABRAÇOS SUFICIENTES QUANDO ERA CRIANÇA — Máquina de Combate comentou.

O Pantera Negra não estava com humor para piadas.

— **Vou me encontrar com Fury para provar minha inocência** — o Pantera Negra declarou. — **Depois, vamos encontrar esse impostor e acabar com isso.**

— **É ASSIM QUE SE FALA** — o Capitão América concordou. — **LOGO VOCÊ ESTARÁ EM CASA.**

BIP! BIP! BIP!

O Quinjet recebeu uma transmissão do próprio **Nick Fury**.

— Falando nele — disse a Capitã Marvel.

Fury lançou um olhar inflamado.

— Pantera Negra, é bom vê-lo. Sabia que você está roubando uma das minhas bases nesse exato momento? É uma antiga base secreta de mísseis. Mandei a S.H.I.E.L.D. desativá-la algum tempo atrás. Há muitas coisas perigosas lá. Como eu tenho muitos compromissos, não tive tempo de limpá-la ainda. Vocês se importariam de fazer uma parada antes de virem falar comigo? Ah, e tragam o tal impostor com vocês. Tenho algumas perguntas para ele.

O Pantera Negra estreitou os olhos.

— Será um prazer.

CAPÍTULO 4

O PANTERA NEGRA IMPOSTOR ESTAVA NO MEIO DE uma luta contra alguns agentes da **S.H.I.E.L.D.**

— Parado! — um agente gritou. Ele sacou a arma, e o impostor a chutou para longe da mão do agente. Mais dois agentes tentaram parar o impostor. Ele os agarrou pelo braço e os atirou no ar como se fossem sacos de areia. Felizmente, os Vingadores chegaram para auxiliar.

— ***PEGUEI VOCÊ!*** — Máquina de Combate bradou. Ele passou voando para salvar os agentes e os colocou no chão em segurança.

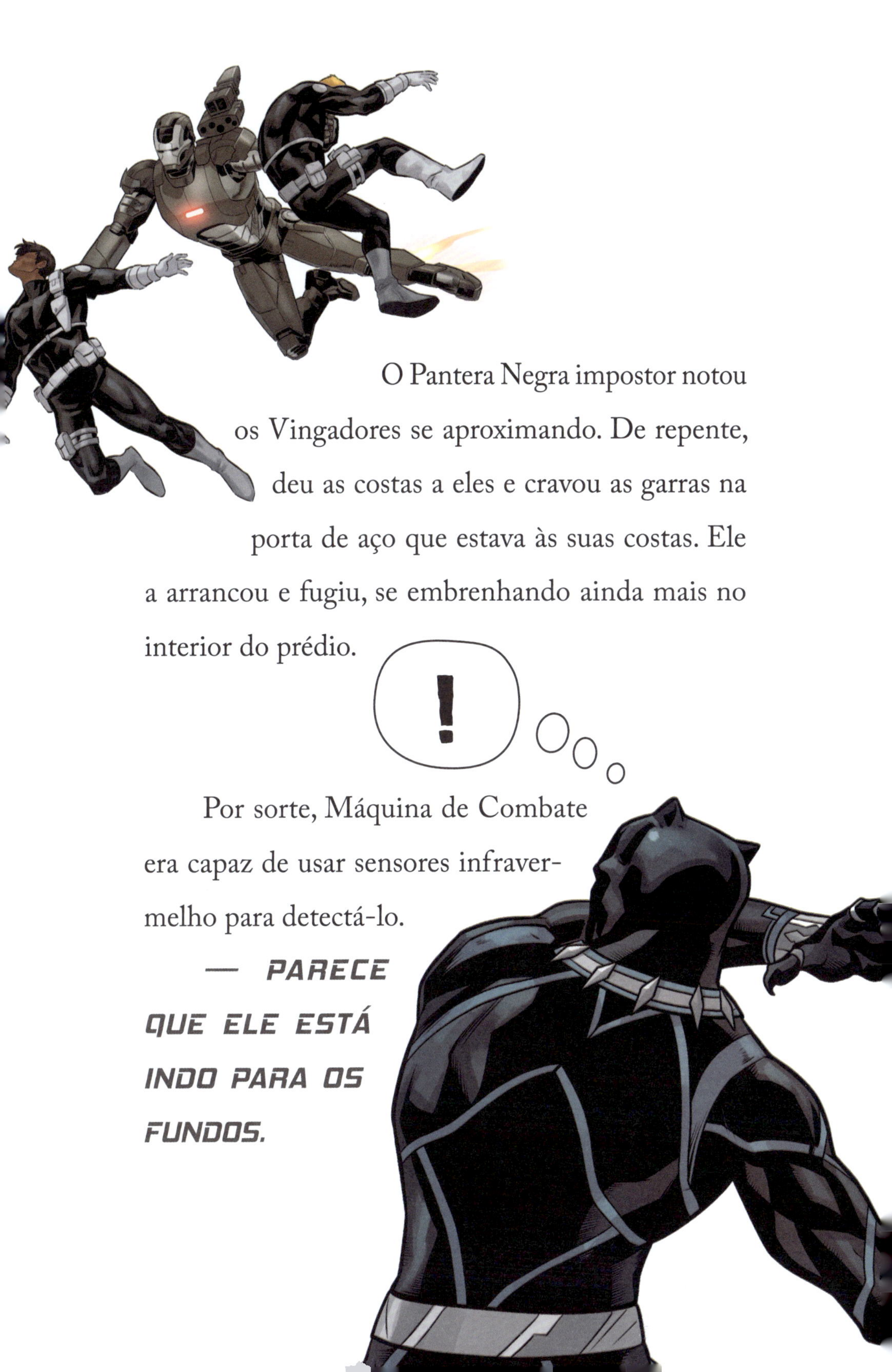

O Pantera Negra impostor notou os Vingadores se aproximando. De repente, deu as costas a eles e cravou as garras na porta de aço que estava às suas costas. Ele a arrancou e fugiu, se embrenhando ainda mais no interior do prédio.

Por sorte, Máquina de Combate era capaz de usar sensores infravermelho para detectá-lo.

— **PARECE QUE ELE ESTÁ INDO PARA OS FUNDOS.**

— Saiam do caminho!

— **As coisas podem ficar complicadas** — gritou a Capitã Marvel.

Ela estalou os dedos e começou a atravessar o prédio como um aríete, arrebentando paredes como se fossem feitas de papel.

Os Vingadores seguiram logo atrás enquanto ela socava a passagem através de camadas e camadas de metal espesso, até que chegou ao seu destino: um laboratório escondido bem nos fundos do prédio. O local continha bizarras invenções alienígenas e equipamentos parcialmente montados.

Havia fios, placas de circuito e outras peças eletrônicas espalhados pela sala. Quando os heróis entraram, viram o Pantera Negra impostor buscando freneticamente em algumas caixas de metal caídas. Por fim, ele encontrou o aparelho que estava procurando, segurando-o bem apertado. Ele se virou ao ouvir o som de uma voz bombástica atrás de si.

— **Lamento acabar com sua festa, esquisitão** — declarou Capitã Marvel, colocando as mãos nos quadris, confiante. — **Contudo, infelizmente vamos ter que destruí-lo agora. Acho que um Pantera Negra é suficiente. Tem um limite para a quantidade de silêncio taciturno que consigo aguentar.**

O impostor estreitou os olhos. Ele estava cercado. À frente dele estavam os três Vingadores, prontos para atacar. Atrás dele havia uma tela digital gigantesca coberta com esquemas complexos. Não havia para onde fugir.

De repente, um par de mãos com garras estraçalhou a tela digital atrás do impostor. O Pantera Negra saltou e fez o impostor sair voando com um soco poderoso!

BAM

— **Você lutou bem** — o Pantera Negra disse para o vilão desacordado. — **Hora de ver quem você é de verdade.**

Ele tirou a máscara do impostor para revelar uma face idêntica à própria.

— ***ELE AINDA ESTÁ VIVO, CERTO?*** — Máquina de Combate perguntou.

O Capitão América observou o corpo sem vida com curiosidade.

— **ELE NUNCA ESTEVE.**

— ***O QUE?! MAS COMO?*** — Máquina de Combate retrucou. — ***T'CHALLA, SE VOCÊ TEM UM IRMÃO GÊMEO MALIGNO SECRETO, CONTE PARA NÓS AGORA!***

— **É UM MODELO DE DISFARCE VIVO DA S.H.I.E.L.D.**

— o Capitão América explicou, surpreso com a repentina constatação.

— **O que é um Modelo de Disfarce Vivo?** — o Pantera Negra questionou.

— **É UM ROBÔ ULTRASSOFISTICADO. ELE CONHECE OS PADRÕES DE FALA E LINGUAGEM CORPORAL. TAMBÉM É CAPAZ DE IMITAR PENSAMENTOS** — explicou o Capitão América. — **ATÉ TEM SUAS DIGITAIS E DNA, O QUE EXPLICA PORQUE ENCONTRARAM O SEU NO LOCAL DO PRIMEIRO ROUBO.**

— **Por que existe uma versão do Pantera Negra?** — a Capitã Marvel perguntou.

— **PARECE QUE A S.H.I.E.L.D. TEM EXPLICAÇÕES A DAR. OUTRO BRACELETE DE METAL? QUERIA SABER QUAL SERÁ A CONEXÃO** — o Capitão disse.

O Pantera Negra permaneceu calado. Ele estava ardendo de irritação por causa da confusão em que se encontrou.

— **Quero conversar com Nick Fury. Levem-me até o Helicarrier. Agora.**

CAPÍTULO 5

O HELICARRIER DA S.H.I.E.L.D. ATRAVESSAVA AS nuvens observando atentamente o mundo abaixo. Enquanto marchava pelos longos corredores, ficou claro para o Pantera Negra que nunca poderia confiar na S.H.I.E.L.D. Eles seguiam as próprias regras.

— **Explique isso!** — o Pantera Negra exigiu, jogando o corpo inerte do impostor aos pés de Nick Fury.

— **Agradeço por trazer minha propriedade de volta** — Fury respondeu. — **Estava me perguntando para onde ele tinha ido.**

Fury acenou para dois agentes da **S.H.I.E.L.D.**, que recolheram o corpo e o colocaram em uma mesa de aço.

— **VOCÊ SABIA O QUE ERA ISSO O TEMPO TODO** — o Capitão América deduziu.

— **Eu suspeitava, mas nesse tipo de trabalho, nunca se sabe o que esperar** — Fury revelou.

— **Essa coisa tentou nos matar** — a Capitã Marvel disse.

— **Outra pessoa o estava controlando, não era a S.H.I.E.L.D. Não é fácil de programar um Modelo de Disfarce Vivo. Quem quer que tenha feito isso, deve ser muito inteligente** — comentou Fury. — **E, Capitã Marvel, modere seu tom, você destruiu muito equipamento da S.H.I.E.L.D. hoje.**

— *ELA ESTAVA TENTANDO PEGAR ESSE CARA* — Máquina de Combate retrucou. — *O CARA QUE VOCÊ NOS ENVIOU PARA PEGAR.*

— **Relaxem, todos vocês, estamos todos do mesmo lado** — pediu Fury.

— **Basta!** — o Pantera Negra gritou. — **Você mente e manipula para conseguir o que quer, Fury, mas não vai enganar o rei de Wakanda. Seja honesto, fale a verdade.**

— **A verdade é complicada** — Fury respondeu. — **Somos mais parecidos do que pensa, Pantera. Pense na S.H.I.E.L.D. como meu reino. Eu faria qualquer coisa para protegê-la. Compreende?**

Um agente da **S.H.I.E.L.D.** entrou na sala de comando.

— **Um momento, por favor, Vingadores** — Fury disse enquanto se virava. — **Como estão as coisas na ala da prisão, agente? Klaw está se ajustando ao novo ambiente?**

KLAW. O nome fez o Pantera Negra se arrepiar. Quando era apenas um garoto, ele viu Ulisses Klaw tentar roubar o estoque de Vibranium de Wakanda. Mesmo com o apoio da madrasta e da irmã, ele nunca superou a morte do pai. Num ato impulsivo, o jovem T'Challa roubou uma das armas sônicas de Klaw e a usou com o vilão. A arma destruiu a mão direita de Klaw, que ele substituiu com uma arma sônica poderosa. Então, o vilão embarcou numa jornada de vingança contra T'Challa. Apesar de não terem se enfrentado há algum tempo, a presença de Klaw perturbava o Pantera Negra.

— O que Klaw está fazendo aqui? — o Pantera questionou.

— Ele foi transferido recentemente da Jangada — Fury explicou. — Não se preocupe. Ele não vai a lugar algum.

— DE VOLTA AO ASSUNTO EM QUESTÃO — o Capitão América interrompeu.

nome: ULYSSES KLAW
codinome atual: KLAW
gênero: MASCULINO
altura: 1,80m
peso: 80kg
condição: PRESO — A JANGADA// TRANSFERIDO//S.H.I.E.L.D. QG
condenado por:
ASSALTO ARMADO
INVASÃO DE PROPRIEDADE

— Fale a verdade, Nick. Helmut Zemo está por trás disso, não está?

Fury andou de um lado para outro.

— Não posso confirmar nem negar. Você sabe disso, Capitão. Entenda, estou muito grato por terem conseguido encontrar meu equipamento perdido. Agradeço a todos por terem vindo. Cuidaremos de tudo a partir de agora.

O Pantera Negra entrou no caminho de Fury.

— Por que criou uma cópia minha?

— Você é um homem poderoso, T'Challa — Fury respondeu.

— Essa sala está cheia de homens e mulheres poderosos. Você está fugindo da pergunta — o Pantera Negra retrucou.

Fury encarou o Pantera.

— Era uma precaução. Não se preocupe, não vamos perdê-lo de novo — declarou ele. — Confie em mim.

— **Estou muito longe de confiar nesta organização** — o Pantera Negra respondeu, desdenhoso.

O Capitão América colocou os equipamentos roubados em cima da mesa, ao lado do Modelo de Disfarce Vivo.

— **FOI ISSO QUE ELE ROUBOU** — informou. — **DOIS BRACELETES. NÃO TENHO CERTEZA DO QUE FAZEM.**

— ***E AGORA?*** — Máquina de Combate perguntou.

Fury pensou um pouco.

— **Agora temos que encontrar quem estava controlando esse cara** — respondeu ele. Enquanto Fury se inclinava para examinar mais de perto, o Modelo de Disfarce Vivo o agarrou pelo pescoço e o atirou pelo ar. O modelo saltou da mesa, parando em pé, agarrou os dois braceletes, pulou por cima de um mezanino e fugiu por um corredor.

O Pantera Negra estava furioso. Foi atrás do robô, saltando das paredes para se impulsionar adiante.

Cada vez mais rápido, os dois Panteras Negras corriam pelos corredores em alta velocidade. Perseguiam um ao outro pelos corredores metálicos até chegarem a um espaço sem saída. O modelo atacou, golpeando o ar com as garras afiadas desenfreadamente. O Pantera Negra se desviou facilmente de todos os golpes.

O robô deu uma rasteira e o Pantera Negra saltou para desviar. Eles se agarraram, esforçando-se para ganhar vantagem. Os Vingadores logo chegaram ao local e encontraram dois Panteras Negras lutando um contra o outro.

— **QUAL DOS DOIS É O NOSSO AMIGO?** — Máquina de Combate perguntou.

O Capitão América teve dificuldade para responder.

— **EU NÃO SEI.**

CAPÍTULO 6

O Pantera Negra estava lutando por sua vida contra o Modelo de Disfarce Vivo. Os Vingadores não tinham ideia de quem era o verdadeiro. Um Pantera Negra deu uma cabeçada no outro antes de acertar um soco brutal no estômago.

— Ui — a Capitã Marvel murmurou. — O que vamos fazer? Assistir e esperar?

— Eu sei como diferenciá-los — Máquina de Combate declarou. Ele ativou seus lança-mísseis e mirou. Ele disparou um míssil, acertando uma parede

e abrindo um buraco imenso. O impostor viu a chance de escapar e fugiu.

— Agora nós sabemos — disse Máquina de Combate.

— Para onde ele pensa que está indo? — a Capitã Marvel questionou. — Estamos em uma nave gigantesca. Ele não tem muitas opções.

— Não faço ideia — respondeu Máquina de Combate. — Tudo certo, Pantera?

O Pantera Negra espanou a poeira dos ombros.

— Estou bem — afirmou, saltando pelo buraco.

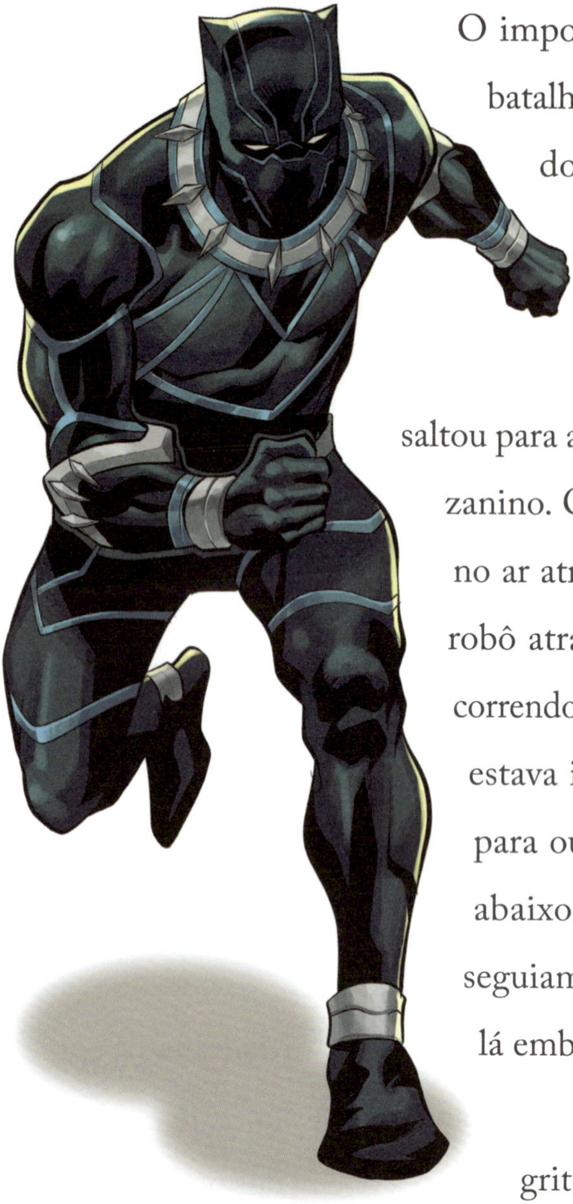

O impostor encontrou um batalhão de agentes armados da **S.H.I.E.L.D.**, mas permaneceu indiferente. Ele olhou para o alto e saltou para a beirada de um mezanino. Os agentes atiraram no ar atrás dele. Contudo, o robô atravessou a passagem correndo. Ele sabia para onde estava indo. Depois saltou para outra passagem mais abaixo. Os Vingadores o seguiam de perto, vendo-o lá embaixo.

— **Lá está ele** — gritou a Capitã Marvel.

O impostor correu até

uma grande porta vermelha, escancarou-a e entrou.

— Ah, não — Máquina de Combate disse. — Isso não é bom.

— O que tem atrás daquela porta? — o Pantera Negra questionou.

— É a entrada para a ala da prisão.

O falso Pantera Negra olhou em cada cela. Assim que encontrou a certa, o impostor quebrou o painel de controle e abriu a cela. O criminoso que a ocupava saiu de maneira dramática.

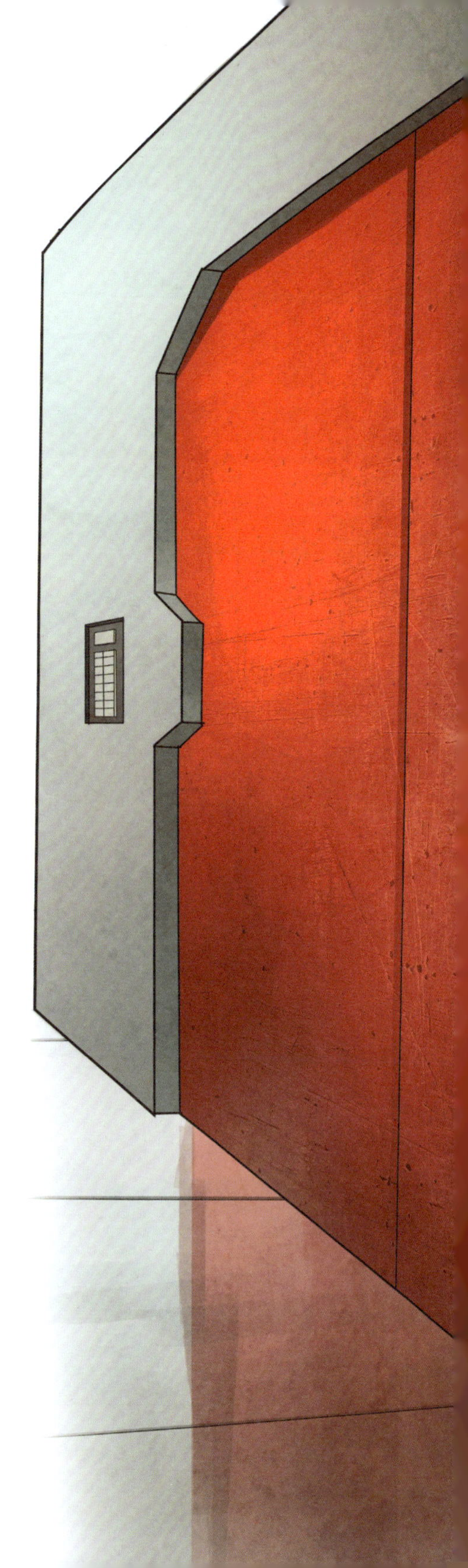

— **Klaw** — rosnou o Pantera Negra.

— **VOCÊ DEMOROU** — Klaw zombou. — **ESTAVA ESPERANDO POR ESSE MOMENTO.** — O impostor entregou os braceletes de metal que havia roubado. Klaw os colocou calmamente na manopla que tinha no pulso. Seus olhos faiscaram quando uma descarga de energia se espalhou pelo seu corpo. — **ESTÁ LIBERADO.** — Klaw disse, dando tapinhas na cabeça do robô. O androide deu um passo para trás e se desativou.

Os Vingadores entraram correndo na ala da prisão.

Máquina de Combate atirou uma saraivada de mísseis.

Klaw bombardeou os mísseis com som, fazendo com que explodissem no ar.

— **OS EQUIPAMENTOS QUE O IMPOSTOR ROUBOU PARA MIM NÃO APENAS ME PROTEGEM DOS EFEITOS DO VIBRANIUM, COMO TAMBÉM AUMENTAM MEUS PODERES SÔNICOS. ESTOU MAIS PODEROSO QUE NUNCA.**

ELE LIBEROU UMA RAJADA DE SOM INCAPACITANTE DA MANOPLA EM SEU PULSO.
OS VINGADORES CAÍRAM DE JOELHOS POR CAUSA DA DOR AGONIZANTE.

Klaw encontrou o painel de comunicação da ala da prisão e abriu uma chamada externa.

— DIGA-ME UMA COISA, PANTERA NEGRA. SE VOCÊ ESTÁ AQUI COM OS VINGADORES, QUEM ESTÁ CUIDANDO DO SEU REINO? É UM PAÍS TÃO BONITO. APOSTO QUE AS PESSOAS ESTÃO FURIOSAS COM O REI POR DEIXÁ-LAS TÃO DESPROTEGIDAS.

O Pantera Negra finalmente entendeu a extensão dos planos de Klaw. A compreensão o deixou sem ar.

— **Não** — o Pantera Negra ofegou. — **Não faça isso!**

— ADEUS! — disse Klaw. — ESTOU ANSIOSO PARA VÊ-LO IMPLORAR POR SUA VIDA. — Ele se transformou em ondas sonoras e dissolveu para dentro do painel de comunicação. Seu destino: Wakanda.

— **Precisamos chegar a Wakanda** — o Pantera Negra exclamou. — **Agora.**

PARA O QUINJET!

CAPÍTULO 7

— **S**HURI — A GUERREIRA DORA MILAJE GRITOU. — **Eles estão a caminho.**

O Culto do Gorila Branco marchava rumo à Grande Montanha com propósito renovado. Eles não estavam mais apenas interessados em provocar o caos. Agora, tinham sede de sangue.

Shuri estava acompanhada por um grupo de guerreiras Dora Milaje e se dirigiu a elas com energia.

— **Irmãs, estou aqui diante de vocês hoje, não como princesa, mas como guerreira! A Grande Montanha não cairá hoje. Wakanda vencerá!**

Brados de ânimo irromperam das encostas enquanto o Culto do Gorila Branco atacava a Grande Montanha. Shuri tinha duas Dora Milaje uma de cada lado, Ayo e Aneka. Nakia e Okoye, outro par de guerreiras, esperavam, preparadas para receber as ordens de Shuri.

— **Cuidado, guerreiras. Expulsem esses invasores custe o que custar** — Shuri ordenou. — **Okoye, fique no campo. Nakia, cuide dos céus.**

Conforme os membros do culto atacavam, as Dora Milaje os enfrentavam com enorme força. Nakia saltou pelo ar em direção a um membro do Culto do Gorila Branco. Numa ação rápida, o levantou e o atirou em um buraco fundo que havia ali perto.

TICK TICK TICK BOOM!

Uma explosão chacoalhou a Montanha. Shuri notou o cultista tentando escapar. Rapidamente, ela puxou sua boleadeira, uma longa corda com esferas pesadas em cada ponta. Shuri a atirou no homem que fugia. A boleadeira envolveu os tornozelos dele, fazendo com que ele caísse emaranhado.

As Dora Milaje enfrentavam o máximo de cultistas que eram capazes, mas o tempo estava acabando. Elas precisavam de reforços.

BIP! BIP! BIP!

Shuri recebeu um chamado de socorro do Pantera Negra. Antes que pudesse responder, um membro do culto saltou na direção dela. Shuri desviou do ataque e se preparou para o próximo.

— **T'Challa, estou cercada de membros do Culto do Gorila Branco no momento.** — ela informou, ativando o comunicador na sua orelha.

— **O que está acontecendo?** — outro cultista surpreendeu Shuri pelas costas. Ele arrancou o comunicador da orelha dela e o atirou no chão. Shuri o acertou com um golpe veloz no peito. Ele caiu no chão, inconsciente.

— **Klaw está a caminho** — o Pantera Negra gritou. — **Você precisa ter cuidado.**

Shuri não conseguiu ouvir o alerta do irmão. Antes que ela conseguisse pegar o comunicador, um pé monstruoso o esmagou, enquanto uma sombra gigantesca se espalhou pela área. Shuri levantou o olhar e encontrou **M'Baku**, o líder do Culto do Gorila Branco. Ele rosnou para Shuri e bufou como um animal. A ferocidade dele era lendária.

O que fará agora, princesa?

— Isto! — Shuri respondeu, chutando M'Baku no joelho. Ele permaneceu imóvel.

— Ha, ha, ha! Você tem garra, garotinha! — M'Baku gargalhou. — Eu vou destruí-la. — Ele levantou Shuri no ar pelos ombros e aproximou o rosto do dela. Ela fez uma careta ao sentir o hálito repulsivo de M'Baku.

GRRRR!

— Você não me assusta — Shuri sorriu. Ela deu uma cabeçada forte em M'Baku. O golpe fez com que ele a largasse. Ela aterrissou, graciosa.

— M'Baku — um cultista gritou, apontando para o Quinjet no céu. O Pantera Negra e **os Vingadores** haviam chegado. Os membros do culto fugiram para todo lado depressa.

— Voltem aqui, seus tolos covardes — M'Baku rugiu. — Do que têm medo?!

Enquanto o Quinjet descia, o Pantera Negra se atirou da cabine.

— **Você e seu culto estão acabados** — o Pantera Negra gritou.

Ele partiu para cima de M'Baku, golpeando-o com grande velocidade. A avalanche de socos não dava tempo para M'Baku recuperar o fôlego.

OOM!

Os membros do Culto do Gorila Branco assistiram enquanto o corpo enorme de seu líder desabou no chão, derrotado. A batalha havia acabado. As Dora Milaje correram para prender seus novos prisioneiros.

— T'Challa! — Shuri exclamou. Ela correu até o irmão e o abraçou apertado.

— **Klaw está em Wakanda.** — o Pantera Negra informou.

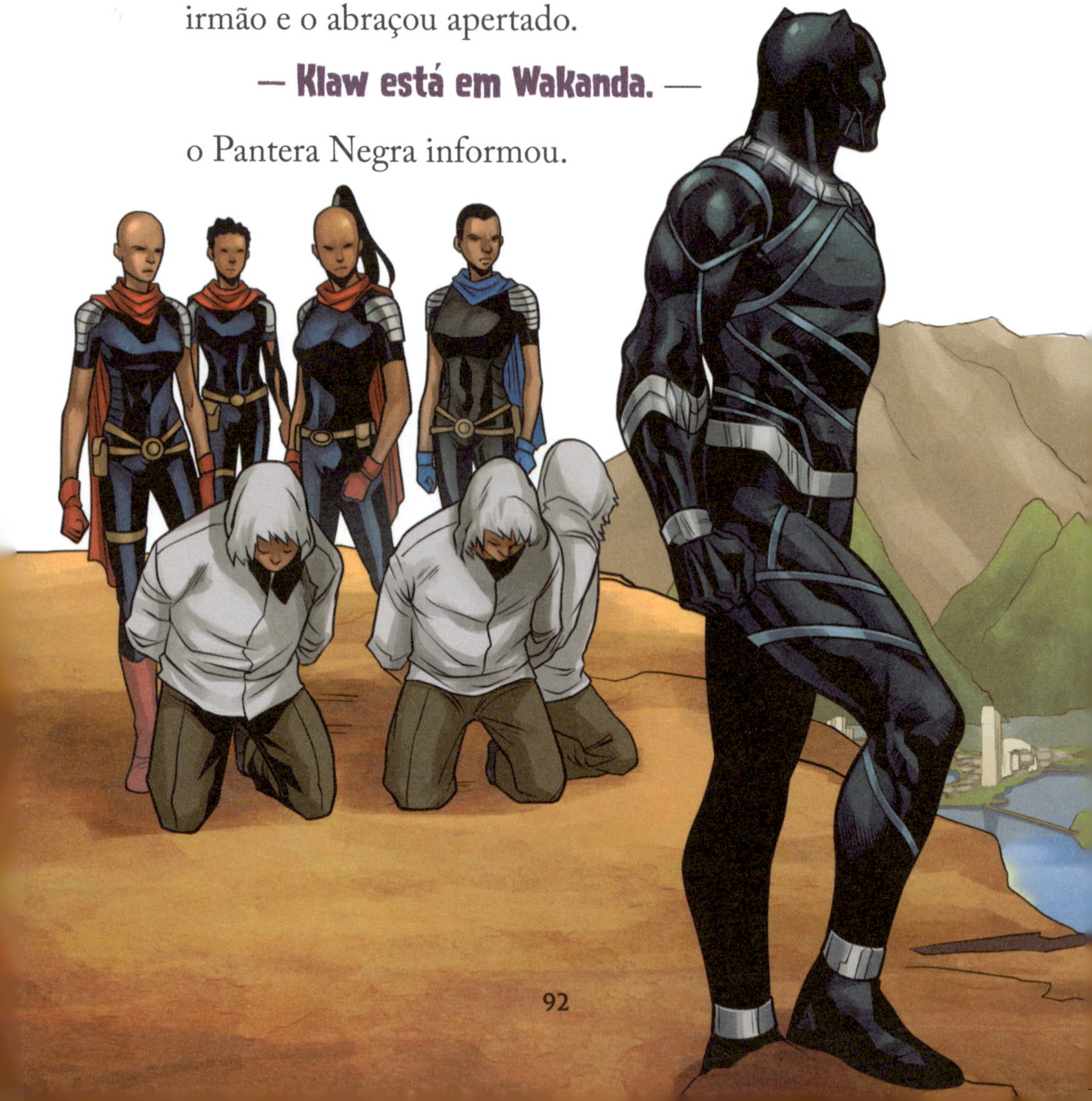

Shuri empalideceu.

— **O quê?** — ela murmurou.

— **Não há o que temer. Preste atenção** — o Pantera Negra pediu —, **eu preciso que você esvazie a Montanha. Tire todo mundo de lá, depois junte-se aos Vingadores. Consegue fazer isso?**

— **Sim, mas onde Klaw está?** — Shuri perguntou. — **O que você vai fazer?**

O Pantera Negra olhou para a Cidade Dourada. A batalha final havia começado.

CAPÍTULO 8

FZZZT! SHAZACK!

FZZZT! SHAZACK!

NAS PROFUNDEZAS DO PALÁCIO DE WAKANDA, Klaw vasculhava a oficina pessoal do Pantera Negra. Ele passeava entre os diversos equipamentos e invenções destruindo cada um conforme passava. Era nesta oficina que o Pantera Negra criava as numerosas invenções que ajudavam a movimentar a economia do país. Era um lugar que tinha imenso significado, um lugar onde o Pantera se sentia seguro.

Durante a confusão, o Pantera Negra se esgueirou por uma passagem secreta e se escondeu atrás de uma

grande coluna de metal. Em uma das mãos, brilhava uma adaga de energia de Vibranium.

— SUA IRMÃ É UMA GUERREIRA PODEROSA. ELA SERÁ UMA EXCELENTE PANTERA NEGRA DEPOIS QUE VOCÊ SE FOR. NÃO PENSE QUE EU NÃO OUVI VOCÊ SE ESGUEIRANDO POR AÍ — declarou Klaw. — MEU PODER É O SOM, SEU TOLO.

FZZZACK!

Klaw disparou um golpe sônico na direção do Pantera Negra. O Pantera saltou pelo laboratório, desviando de cada ataque de ondas sonoras com facilidade, enquanto Klaw ficava cada vez mais irritado. Era um empate.

— **Eu não vou a lugar algum** — o Pantera Negra declarou.

— **NÃO ESPERARIA ATITUDE DIFERENTE, SEU PIRRALHO INSUPORTÁVEL** — respondeu Klaw.

O Pantera Negra se atirou no ar em direção a Klaw.

BWEE! BWEE! BWEE!

Klaw disparou uma frequência muito alta que chacoalhou a cabeça do Pantera Negra.

— **NÃO ESTOU AQUI APENAS PELO VIBRANIUM, SABE. TAMBÉM ESTOU AQUI PARA VER SEU POVO SE VOLTAR CONTRA VOCÊ.**

Klaw falava enquanto o Pantera Negra se esforçava para ficar de pé.

— M'BAKU E O CULTO DO GORILA BRANCO ATACAVAM A GRANDE MONTANHA TODA VEZ QUE VOCÊ DEIXAVA WAKANDA, PORQUE EU OS CONTRATEI PARA ISSO. EU

QUERIA QUE O POVO SE LEMBRASSE QUE VOCÊ OS ABANDONAVA NOS MOMENTOS EM QUE ELES MAIS PRECISAVAM. WAKANDA VAI CAIR.

— **Nunca!** — o Pantera Negra bradou enquanto saltava para cima de Klaw.

— ISSO É TUDO QUE CONSEGUE FAZER? — perguntou Klaw.

VUUU! VUUU! VUUU!

Klaw ajustou sua manopla e criou uma onda sonora devastadora que sacudiu todo o palácio. O Pantera Negra estivera estudando os movimentos e a atitude de Klaw. *Ele é rápido, mas seu corpo não está tenso. Isso quer dizer que ele está confortável*, pensou.

— SEU PAI ME DISSE UMA VEZ QUE O VIBRANIUM NÃO ERA O RECURSO MAIS IMPORTANTE DE WAKANDA. ELE FALOU QUE É O POVO QUE TORNA ESSA NAÇÃO FORTE — Klaw comentou.

— **Nunca fale de meu pai** — ordenou o Pantera.

— SENTE FALTA DELE? — questionou Klaw. — NÃO RESPONDA. EU SEI QUE VOCÊ SENTE. ELE ERA UM REI MELHOR DO QUE VOCÊ JAMAIS SERÁ.

— **Você está tentando me manipular** — comentou o Pantera Negra.

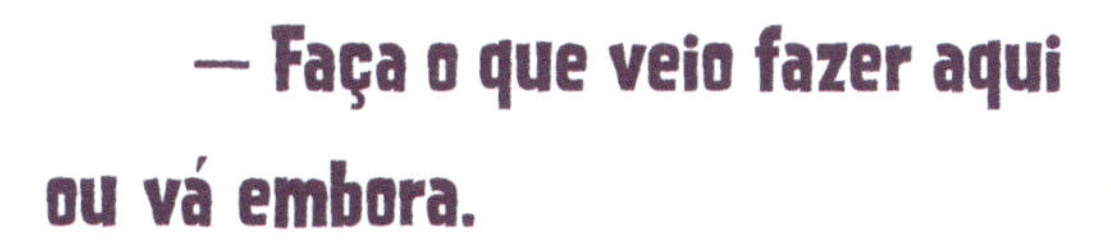

— Faça o que veio fazer aqui ou vá embora.

— COMO OUSA?! — Klaw retrucou. — SUA TOLICE ME TRANSFORMOU NISSO, TUDO ISSO É CULPA SUA!

VUZZZAT! VUZZZAT!

Klaw preencheu o local com um som pulsante e contínuo. O Pantera Negra já tinha recebido muitos golpes durante seus anos de herói, porém, nada igual a isso. Para superar a dor, o Pantera Negra usou a meditação, outra habilidade que o pai lhe ensinara.

Quando se encontrava em uma situação de estresse, o Pantera Negra fechava os olhos, esvaziava a mente e voltava sua energia para dentro.

[...] silêncio pacífico.

— VOCÊ NÃO É A AMEAÇA QUE EU PENSEI QUE VOCÊ SERIA. QUE DECEPÇÃO — Klaw comentou. — QUANDO RECUPERAR SUAS FORÇAS, VENHA ME DIZER UM "OI". VOCÊ SABE ONDE ME ENCONTRAR — Klaw se dissolveu em ar.

O Pantera Negra abriu os olhos, despertando de sua meditação.

CAPÍTULO 9

O Pantera Negra fez um gesto de descrença, conforme andava pelos escombros de sua oficina. Ele não conseguia acreditar que todas as suas incríveis invenções tinham sido destruídas diante de seus olhos. Agora eram apenas destroços que precisavam ser consertados. A batalha ainda não havia acabado. Shuri retornou de sua missão e encontrou o irmão no meio da destruição.

— **Não temos muito tempo** — o Pantera Negra disse. — **Klaw está me esperando.** — Os olhos dele iam de um lado para outro no aposento, procurando alguma coisa. Ele começou a vasculhar os destroços.

— Você está bem? — Shuri perguntou.

— Eu vou sobreviver — o Pantera Negra respondeu.

— O quê vai fazer? — Shuri quis saber.

— Vá em frente — disse o Pantera Negra. Ele finalmente tinha encontrado o que estava procurando: um longo tubo magnético. Ele verificou o item e ficou satisfeito. — Onde Ramonda está? Ela está em segurança? — ele questionou.

— Sim. A Grande Montanha foi esvaziada, mas o povo está preocupado. Onde está Klaw? Qual é o seu plano, irmão? — Shuri disse.

O Pantera Negra retirou a máscara e sorriu para a irmã.

— **Não importa o que aconteça hoje, Shuri, saiba que estou orgulhoso de você. Tenho certeza de que nosso pai estaria também** — declarou ele.

— Você está falando com se estivesse tudo acabado, T'Challa — Shuri retrucou.

Nesse momento, os Vingadores entram na oficina.

— Você devia demitir sua faxineira — a Capitã Marvel comentou.

O Capitão América não estava com humor para piadas.

— MANTENHAM O FOCO, TIME. KLAW ESTÁ NA GRANDE MONTANHA.

— Como isso é possível? O corpo dele dissolveria perto do vibranium — Shuri questionou.

— Ele conseguiu uma tecnologia que o protege. Foi integrada à garra sônica dele — respondeu o Pantera Negra.

— SUPONHO QUE VOCÊ TENHA UM PLANO? — o Capitão América comentou.

— É claro — retrucou o Pantera Negra. — Contudo, preciso enfrentar Klaw sozinho.

— *VOCÊ ESTÁ MALUCO?* — Máquina de Combate exclamou.

— Eu conheço Klaw melhor que qualquer um — o Pantera Negra explicou. — Ele vai ver os Vingadores chegando de longe. Ele vai se preparar. Preciso me aproximar dele sozinho.

— Ele atira som. Não é invencível — a Capitã Marvel replicou — Vamos apenas atirar nele e acabar com isso.

— Depois que Klaw matou meu pai, eu não consegui entender o que levaria um homem a tirar a vida de outro — o Pantera Negra explicou. — Logo entendi que Ulysses Klaw é um homem que escolhe acreditar no que deseja. Acredito que essa arrogância vai levá-lo à ruína.

— Então, o que podemos fazer? — perguntou a Capitã Marvel.

— Não podem ser vistos. Todos vocês, incluindo Shuri e as Dora Milaje, fiquem a postos com suas armas. Quando eu der o sinal, mirem na manopla sônica de Klaw e atirem.

A Capitã Marvel notou o tubo magnético na mão do Pantera Negra.

— O que isso faz?

— Vocês vão ver — o Pantera Negra respondeu.

RUMBLE!

Wakanda começou a tremer com a força do som.

Espero que você saiba o que está fazendo.
Confie em mim.

CAPÍTULO 10

FVZACK!

KLAW ESTAVA NO CENTRO DA GRANDE MONTANHA usando seus poderes sônicos para destruí-la. Lá no alto, acima das nuvens, Máquina de Combate voava em círculos carregando o Pantera Negra.

— **Solte-me** — o Pantera mandou.

— ***EU SEI QUE ESSE UNIFORME DE VIBRANIUM CONSEGUE AGUENTAR MUITA COISA, MAS ESTAMOS A MAIS DE TREZENTOS METROS DE ALTURA. TEM CERTEZA?*** — Máquina de Combate perguntou.

O Pantera Negra assentiu com um gesto de cabeça. Máquina de Combate o soltou e o Pantera Negra despencou do céu, aterrissando na encosta da Grande Montanha com um **BOOM!**

Klaw sorriu. Um ronco mecânico preenchia o ar, enquanto energia sonora pura pulsava por seu corpo.

SHATHOOM!

Ele detonou a rocha abaixo do Pantera Negra, derrubando-o da encosta em meio a um turbilhão de escombros.

O Pantera Negra se levantou da pilha de pedregulhos; seu grande plano estava se alinhando.

SHAZACK!

Klaw atacou mais uma vez.

— EU VOU TOMAR SEU MAIOR RECURSO E VOU DESTRUIR VOCÊ COM ELE! — berrou ele. — DEPOIS EU VOU ATRÁS DO SEU POVO. — Ele tocou o chão, reuniu seu poder e o utilizou para gerar um terremoto. O Vibranium se agitou nas profundezas da terra,

conforme uma série de tremores se espalharam rumo ao restante de Wakanda. A Grande Montanha tremeu violentamente, enquanto começava a desabar.

— **Klaw!** — o Pantera Negra chamou. — **Pare!**

Klaw parou. Um sorriso insano apareceu em seu rosto.

— RENDA-SE. RENDA-SE A MIM!!!

O Pantera Negra tentou se manter de pé na terra que oscilava. Os tremores de Klaw estavam fazendo o solo se despedaçar sob seus pés. Então, o Pantera Negra ergueu as mãos no ar devagar. Contudo, não estava se rendendo; era o sinal. Num piscar de olhos, Shuri, as Dora Milaje e os Vingadores apareceram nos limites da Grande Montanha. O Pantera Negra deu um sorriso.

Surpresa.

Todos juntos, os heróis dispararam as armas. Klaw foi pego de surpresa. Sua manopla se espatifou, enquanto seu grito ecoou pelo reino. Com suas proteções destruídas, o Vibranium dentro da Grande Montanha sobrecarregou a forma física de Klaw. O Pantera Negra pegou o tubo magnético, capturando o som de Klaw.

— **Este tubo manterá Klaw em um estado de constante oscilação, tornando impossível para ele retomar a forma física** — o Pantera Negra explicou.

O Capitão América não conseguia acreditar.

— **KLAW O ATACOU COM TODA A FORÇA.**

— **Eu estava contando com isso** — declarou o Pantera Negra.

— **Por que suportar tudo isso?** — questionou a Capitã Marvel.

— **Suportar é o que eu faço** — o Pantera Negra explicou. Ele olhou para os montes e viu que o povo de Wakanda havia se reunido.

— **Devem ter ouvido a comoção** — Shuri deduziu.

O povo testemunhou a bravura de seu rei. Vendo o comprometimento dele com a defesa de Wakanda, o espírito do povo se reavivou. Então, algo curioso aconteceu: a multidão se abriu e revelou a mãe de T'Challa, Ramonda. Ela se aproximou e parou ao lado dele.

— Como dizia seu pai, é o povo de Wakanda que torna esse país forte.

O Pantera Negra se preparou para falar com seu povo, mas, antes que pudesse fazê-lo, Ramonda se inclinou e, falando ao ouvido dele, lembrou-lhe:

— Tire sua máscara, filho.

— Obrigado, mãe — T'Challa respondeu, retirando a máscara. Ele inspirou e começou **— Wakandanos, forças dentro de nossa nação conspiraram**

para gerar medo no nosso povo por meio da violência e do terror. Essas forças foram derrotadas. Estamos seguros de novo. Wakanda agradece a proteção das Dora Milaje. Por essa razão, minha irmã, Shuri, terá um papel ativo no desenvolvimento delas.

Shuri arregalou os olhos. Ela não esperava um anúncio como este. O irmão continuou.

— **Os Vingadores são meus companheiros de equipe. Eles defenderam nossa nação como se fosse a deles próprios. Fico agradecido por estar entre eles. Além disso, Wakanda não é um mundo fechado em si mesmo. Precisamos nos aproximar de outras culturas. Nas próximas semanas, vou convidar representantes de outras nações do mundo para que vejam Wakanda com os próprios olhos. Não somos uma nação de segredos. Por último, quero mencionar meu pai, T'Chaka. Muitos sentem falta dele, inclusive eu. Ele foi um grande**

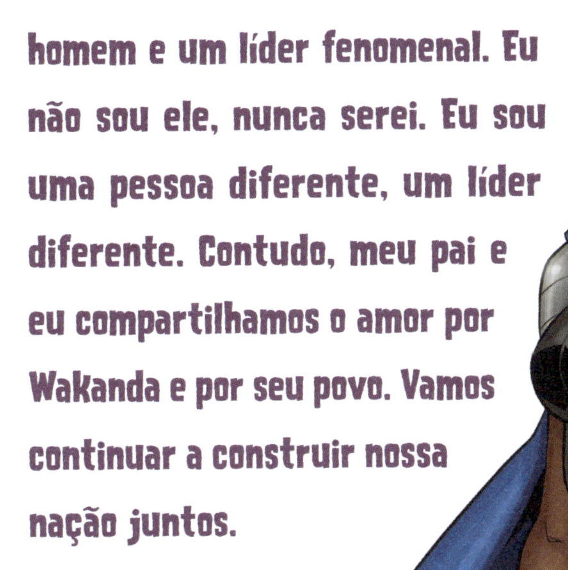

homem e um líder fenomenal. Eu não sou ele, nunca serei. Eu sou uma pessoa diferente, um líder diferente. Contudo, meu pai e eu compartilhamos o amor por Wakanda e por seu povo. Vamos continuar a construir nossa nação juntos.

Brados de aprovação ressoaram pela Grande Montanha. O Pantera Negra observou a multidão e ficou satisfeito. O povo de Wakanda estava vivo de novo.

— **Obrigada por nos mencionar** — a Capitã Marvel agradeceu.

— Não se preocupe, T'Challa, Nick Fury e eu vamos ter uma conversa. Querendo ele ou não — o Capitão América declarou, sorrindo. — Os Vingadores estão aqui para ajudar a S.H.I.E.L.D. a defender o mundo, mas não seguimos ordens cegamente. Apenas confiando uns nos outros conseguiremos trabalhar juntos e seguir em frente. Muito obrigado por me lembrar disso.

— *POSSO ME MUDAR PARA CÁ? PROMETO QUE VOU SER UM ÓTIMO COLEGA DE QUARTO, SÓ PRECISO DE UMA CAMA E UMA JANELA. EU JURO* — Máquina de Combate brincou. — *E TALVEZ UM BANHEIRO.*

— **Muito obrigado a todos** — o Pantera Negra declarou. — **Por tudo.**

Os Vingadores embarcaram no Quinjet e levantaram voo. Ramonda e T'Challa voltaram para o palácio real para terem o merecido descanso.

— Como está se sentindo, filho? — Ramonda perguntou.

T'Challa refletiu por um momento. No último dia, ele enfrentou membros de um culto, caçou o próprio impostor e lutou contra seu maior inimigo. Até para um super-herói, ele passou por muita coisa.

Apesar das situações perigosas pelas quais passou recentemente, T'Challa se sentia completo.

— **A esperança é eterna** — T'Challa declarou.

Shuri entrou correndo no cômodo.

— **Ah! Não queria interromper** — ela disse.

— Entre, querida — chamou Ramonda.

— **Eu estava pensando em ir até as Cataratas do Guerreiro para treinar um pouco** — Shuri explicou.

T'Challa suspirou profundamente e em seguia lançou um olhar desafiador para Shuri.

— **Quer apostar corrida?**

— **Só se eu tiver uma vantagem** — Shuri respondeu, disparando para fora do quarto.

— T'Challa, você não pode apenas descansar? — questionou Ramonda.

— **Na verdade, não** — T'Challa respondeu e sorriu.

Ele colocou a máscara e saltou da varanda para os arbustos abaixo. O povo de Wakanda podia ficar tranquilo agora, porque o Pantera Negra estava à espreita mais uma vez.

SIGA NAS REDES SOCIAIS:
@editoraexcelsior
@editoraexcelsior
@edexcelsior
@editoraexcelsior
editoraexcelsior.com.br